LA VEVE DE PARIS.

LETTRE HEROÏQVE ET MORALE.

A MONSEIGNEVR LE CHANCELIER.

Par le P. le Moyne de la Compagnie de IESVS.

A PARIS,

Chez AVGVSTIN COVRBE', au Palais, en la
Galerie des Merciers, à la Palme.

M. DC. LIX.

AVEC PRIVILEGE DV ROY.

LA VEVË
DE PARIS,
LETTRE
HEROÏQVE
ET MORALE,

A MONSEIGNEVR
le Chancelier.

SEGVIER, à qui Themis pour le bien de la
    Terre,
A commis ſa Balance & ſié ſon Equerre;
Suſpendez vn moment les penibles emplois,
Que donne à voſtre Eſprit la tutelle des Loix.

A

4

Et souffrez qu'vne teste, à tant d'autres si chere,
Se décharge des soins d'vn si lourd Ministere.

Les Esprits gouuerneurs des Globes estoilez,
Qui d'vn branfle si juste & si fort sont roulez,
Ont pour se diuertir, l'eternelle Musique,
Qui naist des mouuemens de ce Monde harmonique.
Et vostre belle Astrée Intendante des Temps,
Qui partage les droicts des Saisons & des Ans ;
Se relaschant par fois, & quittant la Balance,
Dont le bien & le mal, aux Iours elle dispense;
Prend la celeste Lyre, & chante les accords,
Du haut Monde & du bas, des Esprits & des Corps.

Vostre Ame, grand S E G V I E R, est vne Intelligence,
Des plus fortes qui soient dans le Ciel de la France:
Mais elle est dans vn corps ; & les corps les plus hauts,
Ont comme les plus bas, leur ombre & leurs deffauts.
Le Soleil qui nous regle, & qui nous illumine,
S'eclipse assez souuent, & plus souuent decline:
Et l'Esprit assistant dont il est habité,
Ne le garantit point de cette infirmité.
Le vostre, quoy que grand, quoy que plein de lumiere,
Est sujet, comme vn autre, au poids de la matiere;
Et ce poids, pour durer, pour seruir reglément,
Demande le repos, apres le mouuement.

Ce besoin m'a conduit dans vne Solitude,
Où, loin de l'embarras, loin de l'inquietude,
Domestiques des Grands, Ordinaires des Cours,
Ie jouys sans chagrin de la beauté des jours:
Et me fais, quand je veux, vne pompeuse Scene,
De ce Monde abbregé, que va baignant la Seine.

Le Spectacle est illustre; & les pensers diuers,
Que Paris me fournit, exprimez en ces vers,
Vous feront, dans ce cours de fatigues publiques,
Ce qu'aux Esprits moteurs sont leurs douces Musiques.

Que ce Theatre est grand! qu'il me remplit les yeux,
De Phantosmes luisans, sublimes, spacieux!
Et quel si vaste Esprit, peut à cette Structure,
En soy mesme trouuer vne égale mesure?
Iadis, quand les Geans Charpentiers & Massons,
Changeoient en bastimens les forests & les monts;
Quand ils mettoient la Terre & les Fleuues en brique,
Vid-on rien de plus grand, rien de plus magnifique?
Et ces murs si vantez, ces Chasteaux sourcilleux,
Dont les Ouuriers voyoient les nuages sous eux,
Et dont l'ombre est encor si haute dans l'Histoire,
Autrefois dans le Monde eurent-ils plus de gloire?

Mais, ces Entrepreneurs, aussi hardis que vains,
Aussi forts qu'indiscrets, n'estoient pas inhumains:
Et le sang des Estats, les pleurs des Republiques,
N'entroient point au ciment, qui lioit leurs Fabriques.
Qui me garentira, que de tant de Palais,
Que je voy là charger la Terre de leurs faix,
Pas vn ne soit taché de sang ny de rapines;
Pas vn ne soit basty de morts ny de ruïnes?

Il est vray, cette Ville est le Chef, est le Cœur,
Qui du Corps de l'Empire a tousiours fait l'honneur:
Mais vn Chef qui tout succe, vn Cœur qui tout attire,
N'épuisera-t'il point tout le Corps de l'Empire?
Et quel enfin sera le destin de ce Corps,
S'il n'a de fonctions, & s'il ne fait d'efforts,

A iij

Qu'afin d'éuacüer iufqu'à la moindre veine,
Pour remplir vne tefte, auffi vafte que vaine?
    La Mer infatiable, où vont toutes les eaux,
Des Fleuues, des Torrens, des Lacs & des Ruiffeaux,
Rend au moins par filets, & redonne en fontaines,
Les tributs qui luy font portez à cuues pleines.
Et toy, Ville fans borne, Abyfme de trefors,
Tu n'épans que difette & famine au dehors:
Les entrailles des Monts, & les veines des Mines,
La moëlle des guerefts, & le fang des Collines,
Le butin des Citez, la depoüille des Bourgs,
Vont à toy fans relafche, & d'vn rapide cours.
    Les efcrits fabuleux qui reftent du vieil âge,
Nous font valoir les noms d'vn Pactole & d'vn Tage,
Fleuues fameux & vains, pour peu de grains dorez,
De fauffes vifions, de faux jours colorez.
Ceux qui coulent icy, ne roulent pas vn fable,
Eclatant des couleurs d'vne nouuelle Fable :
A pleins bords, on y voit, l'or & l'argent meflez,
Par cent diuers canaux diuerfement roulez :
Ces Metaux attirans auec eux y conduifent,
Tout ce qu'ont de plus beau les Païs qu'ils épuifent.
Debordément étrange, où les meubles de prix,
Les marbres d'outre mer, les Perles, les Rubis,
Les ouurages de l'Art, & ceux de la Nature,
Precieux de matiere, & rares de figure,
Sur le courant de l'or & de l'argent portez,
En foule, & fans arreft, viennent de tous coftez!
    Quels Fleuues fi fameux, & de fi noble fource,
Defcendent vers la Mer d'vne pareille courfe?

Mais quelle Mer ſi vaſte, en ſon immenſe enclos,
Nourrit ou des Poiſſons, ou des Monſtres ſi gros,
Qui depeuplent les Lacs, qui les Eſtangs rauagent,
Et juſques aux marais, iuſqu’aux bourbiers fourragent?
On ne voit point le Thon, pour chercher du butin,
Monter par les canaux du Danube & du Rhin.
On ne voit point l’auide & peſante Baleine,
Courir les bords de Loire & les riues de Seine:
Et Paris eſt peuplé de Riches deuorans,
Qui pour s’emplir touſiours, & ſe faire plus grands,
Le foible & le petit de loin aneantiſſent;
Et de loin les Païs & les Temps engloutiſſent.
   Que de confuſes voix, que de bruits differents,
Les vns aigres & prompts, les autres doux & lents,
Des Places, des Maiſons, des Carrefours s’entendent,
Et ſur tous les quartiers de la Ville s’étendent!
Vne Nimphe qui veille & les jours & les nuits,
Dans vne creuſe nuë ouuerte à tous ces bruits,
Sans choix les y reçoit, ſans choix les diſtribuë,
Aux Vents courriers de l’Air, qui paſſent ſous ſa nuë;
Et qui ſans diſtinguer les faux d’auec les vrays,
A cent Bureaux diuers, les portent ſans relays.
Les plus impetueux prennent les bruits de trouble,
Que leur haleine augmente, & leur courſe redouble.
D’autres prennent les bruits, qui naiſſent de la Cour,
Où la Fortune roule & de nuict & de jour.
D’autres ceux du Palais, où cent bouches ouuertes,
Tantoſt chantét leurs gains, tantoſt plaignent leurs pertes.
Et ceux qui ſont commis ſur tous les autres Vents,
A porter des paquets du Païs des Amants,

Laiſſant tout autre bruit, ſe chargent des nouuelles,
Que font les Gazetiers du Cours & des Ruelles.
   Il ſe meſle à ces bruits, ſi confus, ſi diuers,
Vn amas de vapeurs dont les toits ſont couuers:
Où l'Air en eſt chargé, la lumiere plus ſombre,
Aueque l'épaiſſeur prend la couleur de l'ombre:
Et ce voile, aux boüillons d'vn long creſpe pareil,
A peine eſt penetré des rayons du Soleil.
   Que le Ciel eſt plus doux, & la clarté plus pure,
Où, loin des corrupteurs de la ſimple Nature,
La Terre encore vierge, & les Bois innocens,
Conſeruent la vertu qui fut au premier temps?
   Là, ſans infection, ſans meſlange on reſpire,
l'Air auſſi pur qu'il ſort des levres du Zephire:
On y reçoit le iour, auſſi clair, auſſi net,
Qu'il s'épand des regars de l'Aſtre qui le fait:
Et les eaux qu'on y boit, ſont par tout auſſi belles,
Que les Nimphes les font jaillir de leurs mammelles.
   Ce n'eſt pas comme icy, que mille corps bruſlez,
Et mille autres boüillis, ſont par troupe immolez,
A ce Dieu des Gourmands, ſourd, aueugle, immobi
Qui met pour vn repas, en feu toute vne Ville.
   Ce n'eſt pas comme icy, que tout put d'vn encens,
Qui fait tourner la teſte, & renuerſe le Sens;
Soit qu'vn folaſtre Amant, parfumeur de paroles,
En compoſe vne offrande à de vaines Idoles;
Soit qu'vn faux Courtiſan, en charge ces Dieux vains,
Que la Fortune moule & dore de ſes mains.
   Où le Luxe eſt en regne, où les molles Delices,
Entretiennent ſous luy, le commerce des Vices,

Il n'eſt rien de ſi ſain, qui n'en ſoit alteré;
Le Ciel en eſt moins pur, le jour moins éclairé;
Et le mal s'étendant par toute la Nature,
Tout air deuient broüillas, & toute terre ordure.

    Vers la riue, où le Fleuue entre auec majeſté,
De cent petits Ruiſſeaux ſes Sujets, eſcorté;
Des Cyclopes François la Forge reſonnante,
Aux regards étonnez ſur le bord ſe preſente.
Là, de bronze fondu les tonnerres ſe font,
Qui des Alpes, tantoſt vont écorner le front;
Tantoſt vont foudroyer les Chaſteaux de l'Eſpagne;
Et tantoſt du Flamand deſoler la Campagne.

    Que pluſtoſt ne voit on ce bruyant attirail,
Rouler contre Biſance, & contre ſon Serrail?
Que ne voit on pluſtoſt tomber ſous cette foudre,
Alger, Thunes, Biſerte, & le Grand Caire en poudre?
Ne ſera ce jamais, que ſous vn Ciel plus doux,
Aux Chreſtiens, les Chreſtiens ceſſeront d'eſtre Loups?
Et qu'à s'entre-égorger leurs armes occupées,
Seront plus juſtement de ſang Maure trempées?

    Que ces Monts ſomptueux en Egliſes voûtez,
Sur de longues foreſts de colonnes portez,
Sont de la Pieté de nos premiers Monarques,
D'illuſtres monumens, & de pompeuſes marques!
Que l'œil eſt ſatisfait, de les voir couronnez
D'autres ſuperbes Monts, en Moles façonnez,
En Moles ſourcilleux, dont les cimes énormes,
Paroiſſent des Païs leuez en Plate-formes!

    Les Princes & les Roys de ces bien heureux temps,
Splendides au dehors, modeſtes au dedans,

B

Par vne glorieuſe & celebre alliance,
De leur zele conjoint à la magnificence,
Sanctifioient ainſi la pompe & la grandeur;
Mettoient par leur-Vertu la dépenſe en honneur.
Et tandis que les Arts trauaillant à leurs gages,
De mille bras tendus autour de ces Ouurages,
Suſpendoient ces rochers, ces carrieres mouuoient,
Et ſi haut,ſous le Ciel, la maſſe en éleuoient;
Plus haut, ſur d'autres Plans, & ſur d'autres meſures,
Les Anges, artiſans d'eternelles ſtructures,
Leur baſtiſſoient au Ciel, des Palais ciſelez
De marteaux lumineux & de coins étoilez;
De coins & de marteaux, dont le bruit harmonique,
Formoit à tous les coups vn concert de Muſique;
Et faiſoit retentir la Cour des Immortels,
Du nom de ces Heros zelez pour les Autels.
    A quoy ſe ſont reduits ces hauts & vains ſpectacles,
Dont le Monde abuſé fit jadis ſes Miracles?
Babylone n'eſt plus, ny ſes Murs ſi vantez,
Ny ſes fameux Iardins ſur le vuide plantez:
Le Mauſolée eſt mort, auſſi bien que Mauſole;
Epheſe a veu tomber ſon Temple & ſon Idole:
Et ces Monts cimentez, poſez ſur d'autres Monts,
Pour faire vne grande ombre, & porter de grands Noms,
Pyramides & Phare, à peine dans l'Hiſtoire,
A peine ſur la Carte ont ſauué leur memoire.
Tant de vains Baſtiſſeurs, apres les Elemens
Tranſportez, démolis, changez en Monumens;
Apres les Nations de trauaux épuiſées;
Apres vn Monde mis en Arcs, en Coliſées;

Enfin, qu'ont ils acquis aueque tant d'orgueil,
Qu'vne immortalité de fupplice & de deüil?
  Le fort eft bien diuers, qu'ont eu les entreprifes,
Des Princes fondateurs de ces nobles Eglifes:
Tant que ces grands Vaiffeaux retentiront des voix,
Refonneront des vœux du fidele François;
De leurs faints Fondateurs les voix renouuellées,
Aux prieres, aux voix de leurs Neueux meflées,
Des celeftes canaux, la pluye attireront,
Sous laquelle nos Lys à jamais fleuriront :
Et ces Moles, ces Tours, ces hautaines Carrieres,
Que l'Aube renaiffante éclaire les premieres,
Iufqu'au moment fatal du pitoyable Iour,
Qui des Aftres fixez doit terminer le tour,
De leur zele feront, non moins que de leur gloire,
A la Pofterité, l'irreprochable hiftoire.
  Que Paris eft changé depuis cét heureux temps !
Que de nos Deuanciers nous fommes differens !
Et qu'il s'en trouue peu, qui fur ces beaux Modelles,
Se baftiffent au Ciel des Maifons eternelles !
L'Auarice aujourd'huy prefte à l'Ambition,
Pour baftir de rapine & de concuffion :
Et le Luxe infolent, qui prefide aux ftructures,
Ne garde en leurs deffeins ny regles ny mefures.
  On voit d'icy monter leur fuperbe fommet,
Qui fon orgueil, au Louure, auec peine foûmet.
On voit s'étendre au loin leurs fpacieufes maffes,
Pour lefquelles Paris manque d'air & de places.
Là, les Salons font peints, les meubles font dorez
Des larmes & du fang des pauures deuorez :

B ij

Là le pré de la Veuue, & le champ du Pupile,
Font, changez en Buffets, vne montre inutile :
Et les biens confifquez des Riches apauuris,
En cuifine, en débauche, en fpectacles font mis.
Combien de Regions aujourd'huy démolies,
Ont fourny de matiere à femblables folies ?
Et combien de Païs ont efté defolez,
Combien de Droicts rompus, de Deuoirs violez,
Afin qu'vn Roturier mieux logé que les Princes,
Euft vn Monde en Maifons, euft en Parcs des Prouinces?

    Quand au Parquet de Dieu ces Corfaires citez,
Par l'Ange Executeur luy feront prefentez ;
Quand il leur déployra la Carte des ruïnes,
Et le Plan des Deferts qu'auront fait leurs rapines ;
Quel fera leur effroy, d'y voir à longs torrens,
Les larmes & le fang par la plaine courans ?
D'y voir des Nations la fubftance fonduë,
Et par diuers conduits en des gouffres perduë ?
D'y voir les champs couuerts de corps à l'air fechez,
Apres auoir efté par l'Vfure écorchez ;
Et les Maifons à fac, les campagnes en friche,
Pour faire en vne nuit, de cent Pauures vn Riche.

    Mais lors que leurs trefors, leurs meubles, leurs habits,
Sous le poids du Preffoir, deuant Dieu feront mis ;
Quels en feront contre eux les bruits, les voix, les plaintes,
Quelles fources de fang en verront ils épraintes ?
Et qui les fauuera des effroyables cris,
Qu'alors fera contre eux, vn grand Peuple d'Efprits,
Qui pâles & défaits, pour demander juftice,
Et prefter à l'enuy la main à leur fupplice,

En troupes, du Preſſoir, contre eux s'éleueront,
Et leurs cris, à la voix de leur ſang meſleront?
   Mais s'il eſt des Maiſons où regnent des Harpies,
Et ſemblables Oyſeaux, auſſi cruels qu'impies;
Il en eſt d'autre part, où ſont auec ſplendeur,
Le Pouuoir legitime, & la juſte Grandeur.
Que l'éclat eſt pompeux, qui s'épand de ce Dôme,
La demeure des Roys, & le Ciel du Royaume!
Là, l'Eſprit de l'Eſtat, l'Eſprit de Majeſté,
A ſa Sphere immobile, a ſon Siege arreſté:
Et du Monde François, toutes les Auantures,
Ont là leurs reglemens, leurs formes, leurs meſures.
Les Vents qui font voguer nos Flotes ſur la Mer,
Se forment dans ce Ciel auant que naiſtre en l'Air.
Là regne la Vertu, qui de ſes influences
Diſpoſe la matiere aux Mines des Finances:
Et d'vn autre rayon, prepare le métal,
Dont les Foudres ſouffrez ſe font dans l'Arſenal.
De ces Metaux regnans, le fatal alliage
Forme comme elle veut, ou le calme, ou l'orage:
Et ſelon que le poids de ces Metaux meſlez,
Donne le mouuement aux Princes ébranlez,
Leurs Eſtats agitez d'vne émeute commune,
Roulent ſous cet Empire, au gré de ſa Fortune;
Comme autour d'vn Rocher, les boüillons s'éleuans,
Par leur pante portez, ou pouſſez par les Vents,
Roulent aueque bruit, tandis que de ſa maſſe,
Le Rocher ſouſtenu ſe conſerue en ſa place.
   En cela, ce Palais au Celeſte eſt pareil,
Qu'il a comme le Ciel, ſa Lune, & ſon Soleil;

B iij

Et cent Aſtres diuers d'aſſiette & d'influence,
Mais tous également ſujets à défaillance.
Depuis que le Soleil roulant par ſes Maiſons,
Donne le jour au Monde, & regle les Saiſons;
Vne ſi continuë & ſi longue Carriere,
N'a rien diminué de ſa beauté premiere :
Et nous ne voyons pas, qu'il en ſoit deuenu,
Apres tant de mille ans, plus froid ny plus chenu.
Bien ſemble-t-il au ſoir, qu'il baiſſe & qu'il vieilliſſe,
Bien ſemble-t-il qu'il meure, & qu'il s'enſeueliſſe :
Mais s'il meurt tous les jours, par vn contraire ſort,
Tous les jours il renaiſt, il ſuruit à ſa mort :
Et remis ſur ſon Char auec ſon Diadême,
Il eſt toûjours vn autre, & toûjours eſt le meſme.

Nos Roys ont dans leur Ciel vn bien autre deſtin :
Leur courſe a ſon midy, comme elle a ſon matin;
Mais apres leur couchant, il ne vient plus d'Aurore,
Qui leur rende leur Pourpre, & leur teſte redore.
Ils meurent, ſans jamais renaiſtre du tombeau,
Comme le jour éteint renaiſt du ſein de l'eau :
Et l'éclat ſouuerain qui leur Thrône enuironne,
Le jour majeſtueux que répand leur Couronne,
Quand le moment fatal les a mis au cerceüil,
Ne laiſſent que de l'ombre à la nuit de leur deüil.

Mais il nous reſte au moins, de tant de grâds Monarques,
Malgré ces ſombres nuits, de glorieuſes marques :
Ie ſçay que la Grandeur n'a pas aſſez de poids,
Pour garantir du Vent les veſtiges des Roys :
Leur Suite fait du bruit, & leur pompe embaraſſe,
Mais embaras & bruit ne laiſſent pointde trace.

Et les pas d'vn Geant, non plus que ceux d'vn Nain,
Imprimez aujourd'huy, ne feront plus demain.
Il n'eſt que la Vertu, dont la piſte eternelle,
Quelque Temps, quelque Vent qui la batte de l'aiſle,
Dans le noble Sentier aux Demy-Dieux ouuert,
Répand vne lueur qui jamais ne ſe pert.

Celles que les Vertus de nos Roys ont tracées,
Aux yeux de leurs Neueux, en exemple laiſſées,
Dans le Ciel des Heros à jamais brilleront,
Et de Signes nouueaux ſon Globe embelliront.
Là feront des premiers ces Leopars ſauuages,
Par l'Anglois établis Gardes de ſes riuages,
Tant de fois par nos Roys ſous leurs Dunes chaſſez,
Et malgré leur fierté tant de fois terraſſez.
Là le Serpent Lombard à la peau tauelée,
Sera ce qu'eſt au Ciel la Couleuure etoilée :
Et le Fleuue Eridan, ſi ſouuent écorné,
Prés de luy paroiſtra de Lys enuironné.
Le Lyon des Flamans, & l'Aigle Germanique,
Auront leur place au Nort, dans ce Ciel heroïque :
Et plus bas vers le Sud, le Croiſſant Sarraſin,
Par ſes cornes fera remarquer ſon déclin.
De la Rebellion, comme d'vne Meduſe,
La teſte s'y verra de ſa peine confuſe :
Et ſa Sœur l'Hereſie, autre Monſtre fecond,
En Serpens tortueux qui naiſſent de ſon front,
Y paroiſtra prés d'elle, écumant de colere,
Et les deux bras liez d'vne double Vipere.

Sçauans qui preſidez aux études des Grands,
Qui leur montrez le cours des Siecles & des Ans,

Ayez foin chaque jour, de mettre en leur memoire,
Quelqu'vn de ces grands Noms qui brillét dans l'Hiftoire;
Et faites leur fçauoir, que ces Signes, pour eux,
Doiuent eftre plus forts que les Signes des Cieux.

　　Mais il faut à ce Globe adjoufter vne Carte,
Qui de deuant leurs yeux ny jour ny nuit ne parte.
Là vous leur ferez voir, les Peuples que nos Roys,
Suiuis de leurs Ayeuls, ont remis fous la Croix:
Les Païs où les Turcs, ceux où les Heretiques,
Ont mordu le terrain fous le fer de leurs piques:
Les Coftes & les Ports, les Plaines & les Monts,
Qu'ils ont par leurs exploits enrichis de grands noms.
Icy, les Mers au joug de leurs Digues rangées:
Là, les Alpes du joug des Tyrans déchargées:
Là, le Pô, là le Rhin à la Seine alliez:
Là fous elle le Tage & l'Ebre humiliez:
Et foit le long des bords que laue le Bofphore,
Soit vers ceux d'où le Iour vient conduit par l'Aurore,
Soit vers les faints Climats d'où le trifte Iourdain,
Soûpire apres la France, & la reclame en vain;
Montrez leur les endroits, où leurs Peres cüeillirent,
Les Palmes, qu'aux Lauriers de l'Europe ils joignirent;
Et ceux, que leur Valeur fit gemir fous le faix,
Des armes & des corps des Sarrafins défaits.

　　Qu'vn Heros à former, fur cette Carte apprene,
Où la Gloire l'appelle, où fon Aftre le meine;
Loin des yeux, loin du cœur d'vn Homme genereux,
Les Païs où l'Auare adreffe tous fes vœux;
Le Perou, l'Abingar, le Tage, le Pactole,
Où naift des bas Efprits la jaune & lourde Idole,

L'Etoile

L'Etoile de la Gloire, & le cours de l'Honneur
Iamais n'ont là conduit les defirs d'vn grand cœur.
   Combien d'Hommes d'Eftat, combien d'Hommes
      de Guerre,
Dans ce Louure ont feruy de fpectacle à la Terre;
Et fifflez par les vns, par les autres loüez,
Apres leur montre faite, & leurs rolles joüez,
Par vn retour fatal à l'inconftance humaine,
A d'autres ont laiffé leurs habits & la Scene?
La Cour eft vn Theatre, où les Princes Acteurs
Donnent la Comedie aux Peuples Spectateurs.
Le Theatre fubfifte; & fa face changeante,
Quelquefois eft funefte, & quelquefois plaifante.
Les Ieux y font diuers; l'Ambition, l'Amour,
La Faueur, la Difgrace y regnent tour à tour:
Et la Fortune, illuftre & fameufe Fripiere
D'atours de toute mode, & de toute matiere;
Selon les qualitez, les emplois, & les noms,
Diftribuë aux Acteurs, Colliers, Manteaux, Ba-
      ftons:
Prefte aux vns de la Pourpre, aux autres des dorures;
Les diftingue d'habits, de mafques, de coëffures:
Et le Ieu terminé, fans refpecter le Grand,
Sans plaindre le petit, fes biens elle reprend:
Et laiffe les Acteurs dépoüillez de parure,
Egaux en nudité, comme égaux en nature,
Semblables à ces bois qu'on a veus pour vn temps,
De clinquans, de feftons, de couleurs éclatans,
Et que l'on voit, apres la Fefte terminée,
La pafture du feu fous vne cheminée.

C

Cét Enclos où ce Bois, & vieil & verdoyant,
Attaché par le pied, de la teste ondoyant,
Fait de ſes bras touffus de ſombres Galleries,
Eſt le fameux Enclos des belles Tuilleries.
Là s'alloit délaſſer de ſes ſoins autresfois,
Henry le plus vaillant & le meilleur des Roys :
Et là ſe délaſſant, ſon repos heroïque
Affermiſſoit encor la ſeureté publique.
Là, de ſeconds deſſeins ſur les premiers formant,
Pour rétablir l'Eſtat du faiſte au fondement,
Il regloit ſelon l'art de la haute Police,
L'aſſiette & la grandeur de ce vaſte Edifice.
Là, d'vn cœur ſatisfait de ſes geſtes paſſez,
Regardant d'vne part, les Ligueurs terraſſez,
Et de l'autre, l'Eſpagne ébranlée & craintiue,
Mettre les armes bas, & luy rendre l'Oliue ;
Gardé par ſa Clemence, armé de ſes Bien-faits,
Il meditoit le Plan d'vne durable Paix :
Et dans le meſme temps, pour tenir la Campagne,
Soit contre la Caſtille, ou contre l'Allemagne ;
En cas que la Diſcorde entrepriſt quelque effort,
Soit du coſté du Sud, ſoit du coſté du Nort,
Sur la Carte qu'offroit à ſes yeux la Victoire,
Son Eſprit luy traçoit des routes à la Gloire.

Si, ſous les pieds des Roys, ſous les pas des Guerriers,
Fauoris de Bellone, il germoit des Lauriers ;
Qu'il en ſeroit venu le long de ces Allées,
Si ſouuent autresfois par ce Heros foulées !
Que de Roſes encore y naiſtroient chaque jour,
Selon les vains ſouhaits des cajolleurs de Cour,

Si les Soleils qu'ils font, foit en Vers, foit en Profe,
Pouuoient faire pouffer vn feul bouton de Rofe!
Mais quoy? tant de Soleils fi bien faits, fi bien feints,
Ont-ils plus de vertu que des charbons éteints?
Et jamais a-t-on veu d'Iris, ny de Belife,
Colorer vn Oeillet, meurir vne Cerife?

Ces Aftres figurez, auec tous leurs faux rais,
Sont aux rides, au rhume, à la fiévre fujets:
Ils ont leur part du hâle, & leur part de la pluye:
Vn vent les fait fuer, vn autre les effuye;
Et ce feu fi vanté qui dans leurs yeux reluit,
N'échauffe point l'Hyuer, ny n'éclaire la Nuit.
A ce feu cependant, quoy que froid, quoy que fombre,
Volent nos Papillons à la foule & fans nombre.
On les voit par effains, fur le déclin du jour,
Accourir de la Ville, arriuer de la Cour:
Le bruit confus que font leurs aifles tanelées,
Eft porté par le Parc, & le long des Allées:
Et celle-là fe croit la Reyne des Beautez,
Qui tient de fon éclat les plus Grands arreftez;
Et qui les voit tomber à la foule fous elle,
Comme les moucherons tombent fous la chandelle.

Que leurs foins font à plaindre! & qu'inutilement
Leurs Efprits, pour leurs yeux, fe donnent ce tourment!
Cette Beauté trompeufe à laquelle ils accourent,
Qu'auec empreffement par troupes ils entourent,
N'eft qu'vn nüage creux, au dehors coloré,
Qu'vn Ardent feducteur, d'vn faux jour éclairé:
Le nuage f'écoule, & l'Ardent fe diffipe,
L'vn & l'autre diffous retourne à fon Principe,

Sans qu'il demeure rien, soit de vray, soit de feint,
Du nüage fondu, ny de l'Ardent éteint.
Et pour cette vapeur changeante & volatile,
Pour ce vain Composé de peau, de sang, de bile,
On se laisse creuer les yeux par vn Follet,
Qui se rit des faux pas, des Aueugles qu'il fait :
On tourne obstinément le dos à la lumiere,
Qui r'appelle l'Esprit à la Beauté premiere :
Et l'on se fait en feux, en chaisnes, en tourmens,
Vne mort dans la vie, vn Enfer dans le temps.

    Que ces longs rangs d'Ormeaux forment sur la Riuiere,
Vne delicieuse & plaisante Carriere !
Ils sont tous de mesme âge ; ils sont tous alliez,
Et leurs bras de concert l'vn dans l'autre pliez,
Sans le secours de l'Art, font à cinq grandes routes,
Contre l'ardeur du jour, de naturelles voûtes.
Là, mille Chariots plus brillans, plus dorez,
Que ceux qui font le tour des Globes azurez,
Gouuernez de mesure, & passant file à file,
L'vn à l'autre se font vn Theatre mobile.
A ces Chars, les cheuaux par couples attelez,
De boucles, de cordons, de plaques étoilez,
Quoy que vains, quoy que fiers de l'or dont ils reluisent,
Le font encore plus des Astres qu'ils conduisent ;
Si l'on doit hazarder sa foy sur les sermens,
Que debitent pour rien les volages Amans ;
Et sur la vanité, que prennent les Coquetes,
D'égaler leurs cheueux aux rayons des Planetes.

    Cent riches Faineans couchez sur le veloux,
Là tantost font les fiers, & tantost font les doux ;

Toufiours prefts, doux ou fiers, à faire vne conquefte,
Les canons aux genoux, & la poudre à la tefte.
Voila donc les Heros, voila les Conquerans,
Que la Sphere de Mars referuoit à ce temps.
Quelles Troupes,quels Forts tiendront contre la Foudre
De femblables canons, & de femblable poudre ;
Soit que fur les ramparts de Milan démolis,
Vn jour ces Preux nouueaux aillent planter nos Lys ;
Soit que de leurs Ayeuls renouuellant la trace,
Ils aillent attaquer le Tiran de la Thrace ?
C'eft fans doute à ceux-là que l'Oracle a promis ?
La chûte de l'Empire à Mahomet foûmis,
De fi loin qu'on verra leurs teftes farinées,
Et d'entraues de lin leurs jambes enchaifnées,
Du Serrail étonné les Tours f'ébranleront ;
Les Bachas de la Porte en trouble f'enfuïront ;
Et la feule terreur de ces armes nouuelles,
Fera du faifte au fond trembler les Dardanelles.
	Combien eftoient jadis de ceux-là differens,
Les Brennes, les Harcours, les Bruns, les Iofferans,
Qui les Croix & les Lys jufqu'au Iourdain porterent,
Et de fang Sarrafin tant de fois l'empourprerent !
Ces vieux Braues,formez de la main des Vertus,
Moulez dans le harnois, & par le fer battus,
Eftoient bien d'autre alloy,que les jeunes Brauaches,
Qui ne font que rubans, que plumes, que mouftaches.
	Que feruent à prefent dans les nobles Maifons,
Les Lyons, les Sangliers, les Aigles en blafons ;
Si de cette Heroïque & guerriere Nobleffe,
Il n'eft rien demeuré qu'vne lâche foibleffe ?

Si le fang qui faifoit en ces bien-heureux temps,
Des efprits & des nerfs, des ongles & des dents,
Aujourd'huy qu'vn air mol toute chofe confume,
N'engendre que du poil, ne fait que de la plume?
Tout s'en va maintenant en boucles de cheueux,
En molleffe d'habits, en nuance de nœuds :
Et fur deux coups d'efcrime, appris dans vne Sale,
Aux Rolans, aux Renauds vn Clerc d'armes s'égale.

    Semblables Preux fe font dans la Lice du Cours,
Sous les bras des Ormeaux, à l'ombre des beaux jours;
Et parmy les filets, que tendent des Chaffeufes,
Plus cruelles aux cœurs, qu'aux yeux delicieufes.
Leur chaffe journaliere eft de ces Cœurs niais,
Qu'vne legere amorce attire dans leurs rets.
Les fimples font à craindre auffi bien que les fines :
L'vn fe prend à la grace, & l'autre par les mines :
L'vn en veut à l'Efprit, & l'autre en veut au Sang :
Quelques-vns vont au Bien, quelques autres au Rang :
Et par troupe on en voit fe prendre à la pipée,
Du plaftre & des couleurs d'vne vaine Poupée.

    Ces Cœurs pris de la forte, & liurez aux Amours,
Oyfeaux, Cygnes de plume, & de griffes Vautours,
Tantoft font leur joüet, & tantoft leur curée,
Selon que leur humeur f'y trouue preparée,
Les bizarres qu'ils font, fur ces Ormes perchez,
Tant que regne le hâle, y demeurent cachez;
Et fe font vn abry du verdoyant feüillage,
Qui contre le Soleil leur prefte fon ombrage :
Mais quand le jour decline, & que l'heure du frais,
Appelle au Cours ouuert, ces Tendeufes de rets;

En troupes auſſi-toſt voltigeant autour d’elles,
Ils font grand bruit des mains, ils font grand vent des
    ailes,
Et jettent par bouquets, ſur elles, en paſſant,
Force Soucis qu’ils vont à l’entour ramaſſant :
Bouquets, qui ſur le ſein ſe changent en épines :
Soucis, qui juſqu’au cœur étendent leurs racines ;
Et laiſſent du venin, qu’ils portent par les ſens,
La jauniſſe au dehors, & l’aigreur au dedans.
   Que ces tours meſurez, que ces pompeuſes files,
De Carroſſes roulans ſous ces voûtes mobiles,
Font vn riche Tableau du Monde & de ſon Cours,
Des tours de la Fortune, & du train de nos jours !
La vie, à la pluſpart, n’eſt qu’vne promenade,
Où tout ſe fait par montre, où tout n’eſt que pa-
    rade :
La Fortune y fournit aux petits comme aux Grands,
Carroſſes & cheuaux, équipages & rangs :
Les vns luiſent de pourpre, & brillent de dorures,
Tous les yeux vont apres l’éclat de leurs parures,
Et le Char du Soleil d’eſcarboucles greſlé,
A peine, en ſa carriere entre mieux attelé :
D’autres, mal en liurée, en ſuite, en équipage,
Paſſent comme Valets reſeruez au bagage :
Et d’autres demy-nus en charretes traiſnez,
Comme Gens à ſouffrir, à mourir deſtinez,
Aux yeux des Spectateurs font vne triſte Scene,
Du train de leur miſere, & du cours de leur peine.
   La route ſ’ouure à tous, & ſelon que le Sort
Diſpoſe de la montre, ou l’on entre, ou l’on ſort :

Il affigne à chacun fon temps & fon efpace :
L'vn vient quand l'autre part, l'vn verfe où l'autre paffe.
Les Grands le plus fouuent fous leur maffe affaiffez,
Dans leur propre attirail reftent embaraffez :
Et l'excez de leurs biens, les fuites de leurs charges,
Ne trouuant ny chemins, ny tournans affez larges,
Ils tombent l'vn fur l'autre, & choquans ou choquez,
Couurent le champ d'éclats rompus ou difloquez;
Tandis que les Petits déchargez d'équipage,
Dégagez d'embaras, ont vn libre paffage.

  Mais & Petits & Grands, apres fort peu de tours,
Quand l'ombre de la Mort les rappelle du Cours,
A peine laiffent d'eux le long de la Carriere,
La trace fur la terre, & dans l'air la pouffiere.
A quoy fe font reduits tant d'orgueilleux Mortels,
Habitans autrefois de ces fameux Hoftels?
Que nous en refte-t-il, outre la pourriture,
Qu'vn Efcuffon menteur mis fur leur fepulture?
Leurs Timbres, leurs Colliers, leurs Baftons en métal,
Apres qu'ils ont au Sort payé le droit fatal,
Ne feruent qu'à garder des fouris & des mouches,
Le funebre appareil de leurs dernieres couches;
Tandis que de leurs corps, dans la biere pourris,
La terre eft engraiffée, & les vers font nourris.

  Ainfi les Nations, ainfi les Races roulent,
Pareilles à ces flots qui l'vn fur l'autre coulent,
Et font d'vn vieux canal, & d'vne nouuelle eau,
Vn Fleuue toûjours vieux, comme toûjours nouueau.
Mais fi la loy du Sort veut que les Villes meurent,
Quelle loy peut vouloir que les Hommes demeurent?

Vingt

Vingt fois Paris eſt mort, il eſt rené vingt fois,
Depuis qu'il fut baſty par les premiers Gaulois :
Vingt fois il a changé d'eſprit, de corps, de face :
Il n'a de ce qu'il fut que le nom & la place :
Et cette ſi ſuperbe & ſi vaſte Cité,
N'en eſt plus que la Tombe & la Poſterité.
Sous ces Murs ſomptueux, dans ces Cours magnifiques,
Sont enterrez des Parcs, des Sales, des Portiques ;
Et cent Palais anciens par le temps démolis,
Sous ces Palais nouueaux giſent enſeuelis.
　　Mais quand le jour viendra, que cette Ville immenſe,
L'attrait des Nations, la gloire de la France,
Branſlant au mouuement des Elemens croulez,
Bruſlant du feu des Cieux l'vn dans l'autre meſlez,
De ſon vaſte débris, fera ſur la Campagne,
De ruïnes couuerte vne ardente Montagne ;
Où ſeront, vains Amans, vos Idoles alors ?
Auares, où ſeront vos friuoles treſors ?
Le feu conſumera juſqu'aux cendres des Belles :
Sous luy rentes & fonds iront en étincelles :
Et les métaux fondus rouleront à ruiſſeaux,
Comme apres vn orage, on voit rouler les eaux.
En vain la Seine alors, & la Marne boüillantes,
En deſordre ſortant de leurs riues bruſlantes,
Au ſecours de Paris leurs eaux apporteroient,
Et ſur l'embraſement leurs cruches verſeroient :
Dans ce commun peril & la Marne & la Seine,
De leur propre ſalut elles-meſmes en peine,
D'vn cours precipité vers la Mer ſ'enfuyront,
Et leur canal à ſec aux flâmes laiſſeront.

D

Là deſſus, Hommes vains, faites les Magnifiques;
Eleuez des Foreſts & des Monts en Portiques;
Mettez des mines d'or & d'azur en lambris;
Vuidez l'Inde d'yuoire, & de pierres de prix;
Et changez la ſubſtance & la moelle des Villes,
En ſuperfluitez chargeantes & fragiles.
Apres tant de trauaux, quel ſera le ſuccés
De cette vanité nourrie à ſi grands frais?
Vn feu tombé du Ciel, ou ſorty des Abyſmes,
Pour nettoyer la Terre, & pour punir les crimes,
Aux Citez, aux Palais, aux Temples ſe prendra;
Le vil au precieux, ſans reſpect confondra;
Et du Luxe diſſous & reduit en pouſſiere,
De voſtre chaſtiment tirera la matiere.
  Mais déja le Soleil ſ'auance vers ſon lit,
Plus ſon cours l'en approche, & plus il l'embellit:
Et pour le receuoir, les Ombres & les Heures,
Rappellent la fraiſcheur dans leurs moetes demeures.
SEGVIER, ce jour ſi beau, ſi tranquile, & ſi doux,
Si nos vœux ſont oüis, ſera ſuiuy pour vous,
D'vn Siecle encor plus beau, plus ſerain, plus tranquile,
Et de proſperitez ſans nuages fertile.
Ce ſouhait fait pour vous, eſt la commune voix
Des Muſes & des Arts, des Vertus & des Loix:
Et l'Eſprit Intendant commis à la Contrée,
Où dans vn jour égal regne la belle Aſtrée,
Ne peut rien de meilleur, pour le bien des Humains,
Que de laiſſer long-temps ſa Balance en vos mains.
Iamais on ne la vid plus juſte, ou plus legale:
Quelque tour qu'elle prenne, elle demeure égale:

Et tous les mouuemens que luy donnent vos doigts,
La mettent dans l'affiette où la veulent les Droits.
  Ainfi l'infatigable & jufte Intelligence,
Qui regle les Saifons, & les jours leur balance,
Equitable aux Hyuers, aufli bien qu'aux Eftez,
Les maintient dans les temps qui leur font limitez :
Et le pofte, le rang, l'efpace leur affigne,
Sans dechet d'vn moment, fans defaut d'vne ligne.
  Telle eft voftre Iuftice à maintenir les Loix,
A tracer les deuoirs, à difpenfer les Droits.
Perfonne, deuant vous, de lumieres plus pures,
N'en diftingua les Points, n'en marqua les mefures:
Et comme de ce Corps fans forme & fans clarté,
Où tout eftoit confus, rien n'eftoit limité,
La parole de Dieu, lumineufe & feconde,
Fit fortir l'harmonie & la beauté du Monde :
Ainfi, de ce Chaos de Droits embaraffez,
D'Interefts peruertis, de Deuoirs renuerfez,
Vous tirez la clarté, l'ordre, & la conuenance,
Qui regnent fous les Loix dans le Ciel de la France.
  Les Mufes, d'autre part, ont de voftre faueur,
Tout ce que maintenant elles ont de bon-heur.
En cét âge de fer, dont la fatale roüille
S'attache à toute chofe, & toute chofe foüille ;
Vous leur faites à part, malgré le mauuais temps,
Vn air plus épuré, des jours plus éclatans.
Vos Etoiles leur font des Planetes nouuelles :
Et tant que l'influence en regnera fur elles,
Sur leurs teftes jamais les fleurs ne flétriront,
Les Lauriers dans leurs Bois jamais ne fecheront :

Et le long du Parnaſſe, il ſ'ouurira dés veines,
Qui ſe déchargeront en or dans leurs Fontaines.
   Que puiſſent donc, Seguier, juſques à nos Neueux,
Ces Étoiles auoir vn Aſcendant heureux:
Que puiſſantes toûjours, & que toûjours benignes,
Elles tiennent vn rang illuſtre entre nos Signes:
Et que voſtre grand Nom par les Muſes graué,
Sur tous les troncs du Bois par elles cultiué,
Quelque Bize qui ſouffle, & quelque temps qu'il faſſe,
Croiſſe auec leurs Lauriers, & jamais ne ſ'efface.

Extraict du Priuilege du Roy.

PAr grace & Priuilege du Roy, ſigné CONRART, il eſt permis à AVGVSTIN COVRBE', Marchand Libraire à Paris, de faire imprimer vne Poëſie, intitulée, *La Veüe de Paris*, durant l'eſpace de trois ans, & deffenſe eſt faite à tout autre de l'imprimer, ſous peine de l'amende portée par ledit Priuilege.